1話30秒の恋の話

# ごめん。
# 私、頑張れなかった。

掌編小説

*I'm sorry, I couldn't follow my true heart anymore.*

*Syouhensyousetsu*

リベラル社

この世界の物語は
〃二つの視点〃でできている。

カードに
表と裏があるように
視点を変えれば
別の風景が見えてくる。

でも、
どちらが「正しい」かなんてわからないし
そんなことを考えたって意味がない。

ただひとつ、言えるのは――

〝真実〟は
2人にしかわからない……ということ。

# はじめに

はじめまして。「掌編小説」と申します（当然ですが、ペンネームです）。

まずは、数ある書籍の中からこの本を手に取っていただき、ありがとうございました。

本書には、1話140字のストーリーが収められています。

「なぜ、140字なの？」と疑問に思う方がいらっしゃるかもしれません。

140字はX（旧Twitter）で課金なく書き込める最大の文字数です。この字数制限を逆手《さかて》に取り、140字で完結する物語をX上に投稿してきました。

どの話も30秒ほどで読める、短い愛の物語です。


作品は、AとB、2人の異なる視点で描かれています。

Xでは、まず朝8時に1人の視点によるお話を投稿。夕方5時に続きとしてもう1人の視点で書いたお話を投稿しています。

書籍化するにあたり、この二つを「Aｓｉｄｅ」「Bｓｉｄｅ」と名づけ、同じ物語を違う視点でA↓Bの順に展開し、投稿を再現しました。

どちらも140字で完結していますが、続けて読んでいただくと、一方の視点だけではわからなかった〝真実〟が見えてくるはずです。


この本では、これまで書いてきた約3000作の物語の中から「切ない」話を集めてみました。字数内で加筆・修正し、書き下ろしも加えています。

2視点の物語がほとんどですが、ごく初期の1視点だけのものや、読後感を考えて、いずれか一つの視点に絞ったものもあります。

Xの投稿を読んでいただいている方にも、初めて私の作品に触れてくださる方にも、140字でつむがれる切ない物語を楽しんでいただければうれしいです。

CONTENTS



## 第1章　戻れない日々

# 第2章 異世界の入口

第3章

# 届かぬ想い

## 第4章　離れていく心

# 第1章

# 戻れない日々

え、なあに？
隣を見ると彼が困った顔をしている。
気のおけない高校の同級生。
地元の花火大会に誘われた。
轟音《ごうおん》と雑踏《ざっとう》で、声がはっきり聴きとれない。

次の花火が打ち上がり、彼は大声で繰り返す。
わ、これ相当、恥ずかしいやつだ。
花火は不発。
「好きだ」の叫びを、周囲の人から笑顔と拍手で祝われた。

花火 B side

勇気を奮《ふる》い彼女を花火に誘い出す。
高校で２年連続同級生。
照《て》れ臭《くさ》く、なかなか想いを伝えられない。
聞こえなかったら仕方ない、と打ち上げに合わせ告白する。

まさかの不発。
周囲から「どうする姉ちゃん⁉」と冷やかす声が飛んでくる。
彼女の答えは次の花火がかき消した。
代わりにギュッと手を握《にぎ》られる。

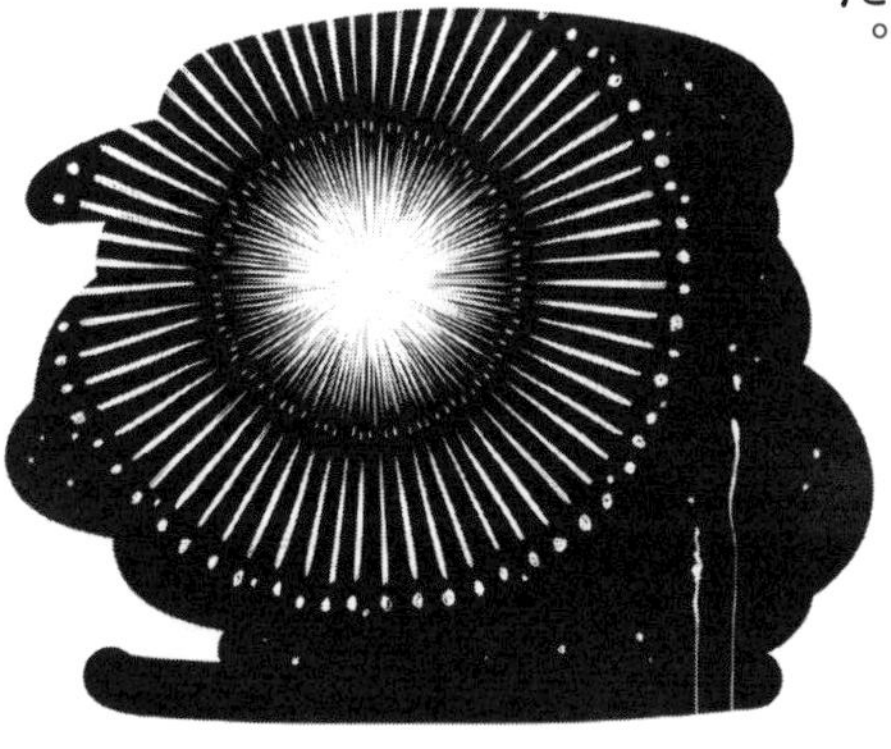

高校のクラスの女子がニヤけてる。
バレバレだとは思うけど、まだ告白はしていない。
お前、何かいいことあったのかよ?

「もうすぐ彼氏と過ごす初めての夏休みなの」

僕は絶句し、うなだれる。そういう相手がいたのかよ……。

小悪魔みたいに笑った彼女が、僕の顔を覗《のぞ》き込む。

「あと3日だよ、告白期限」

私の気持ちも伝わっていると思うけど、
高校の同級生はまだ告白してくれない。
私は勇気をしぼり出す。
夏休み、彼氏とあちこち遊びに行こうと思ってるんだ。
「……そういう相手がいたのかよ」
いないよ、今は。
あとはあなたの覚悟次第。
ねえ、どうする？
夏休みまであと３日。告って願いを叶《かな》えてくれる？

元カノは右と左をよく間違えた。
世間と少しズレてたから、
売れないバンドマンと5年も暮らしてくれたのだろう。

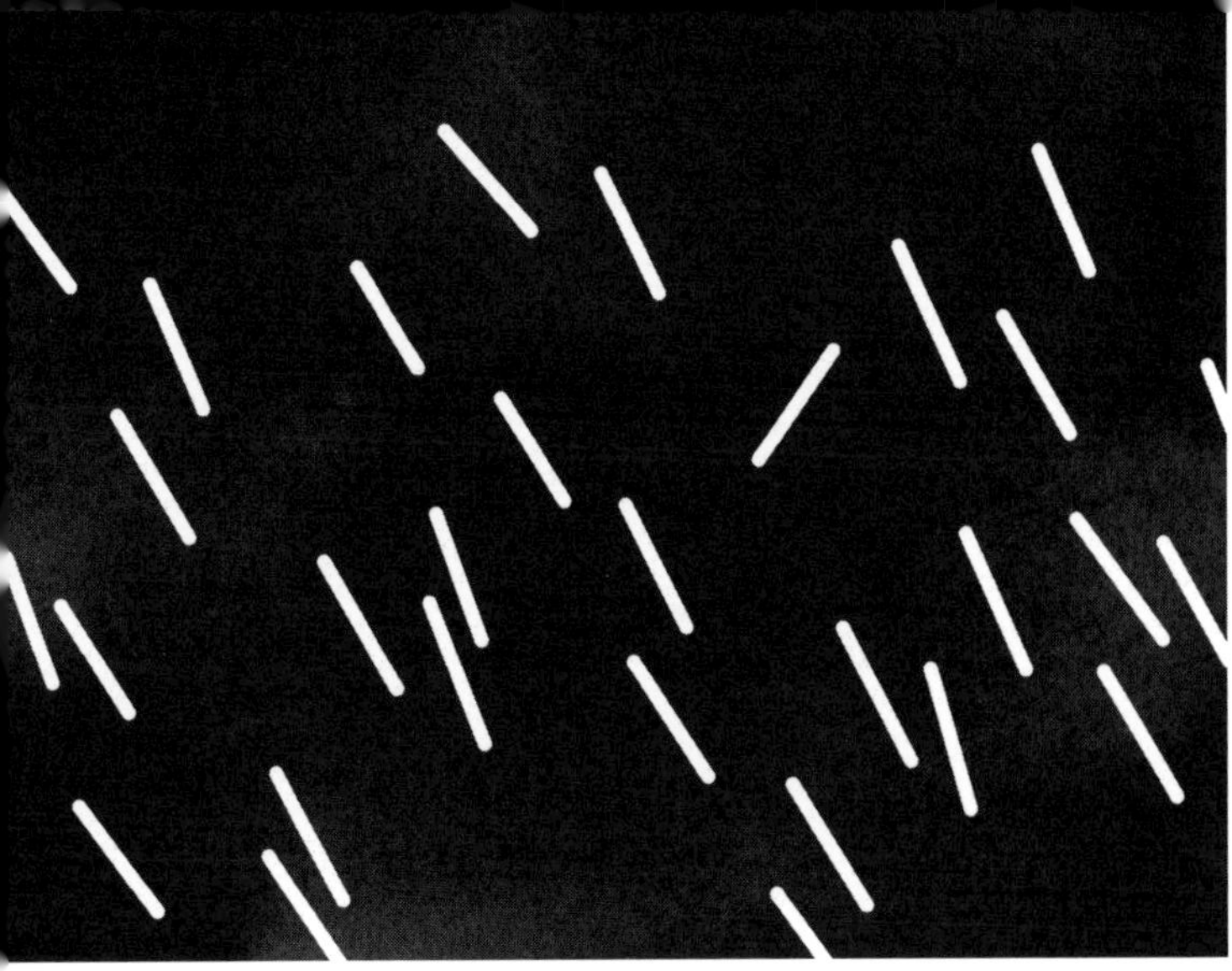

単独ライブが決まった夜、
求婚すると「無理」と
笑って僕の許《もと》から消えた。
喪失感を埋《う》めようと、
必死で3年頑張り、
今夜夢のホールに立つ。
客席で一つだけ、
左右逆にペンライトが揺れていた。

「結婚しよう」と彼に言われた。
彼のバンドが初めて小さな単独ライブを決めた夜だ。
無理、と笑って5年続いた同棲《どうせい》を解消した。
優しい君はきっと私を守ることを優先する。

でもね、今が一番肝心だよ。
君も君の曲も大好きだから私は枷《かせ》になりたくない。
涙をこらえ、私は消える。
君が夢の舞台に立つ日まで。

コックリさん A side

夏休み、生徒会室に2人きり。
先輩が「コックリさん、やってみるか？」と言い出した。
YESとNOと五十音を紙に書き、
向き合って10円玉に指をのせる。

汗を拭《ぬぐ》った先輩が、私の名を挙げ
「好きな人は身近にいますか？」と尋ねた。
知ってるくせに、臆病者《おくびょうもの》め。
私は指先に力をこめる。
動きませんよ、告るまで。

コックリさん B side

彼女も想いは同じはず。
でも自信がない。
夏休みの生徒会室。後輩にコックリさんを持ち掛けた。
2人で硬貨に指をのせ、
彼女の名を挙げ
「好きな人はすぐ近く？」と訊《き》いてみる。

ＹＥＳに誘導しようとしたけれど、
10円玉は動かない。
指先の力をゆるめた後輩が
質問を変更した。
「先輩の想う人は目の前ですか？」

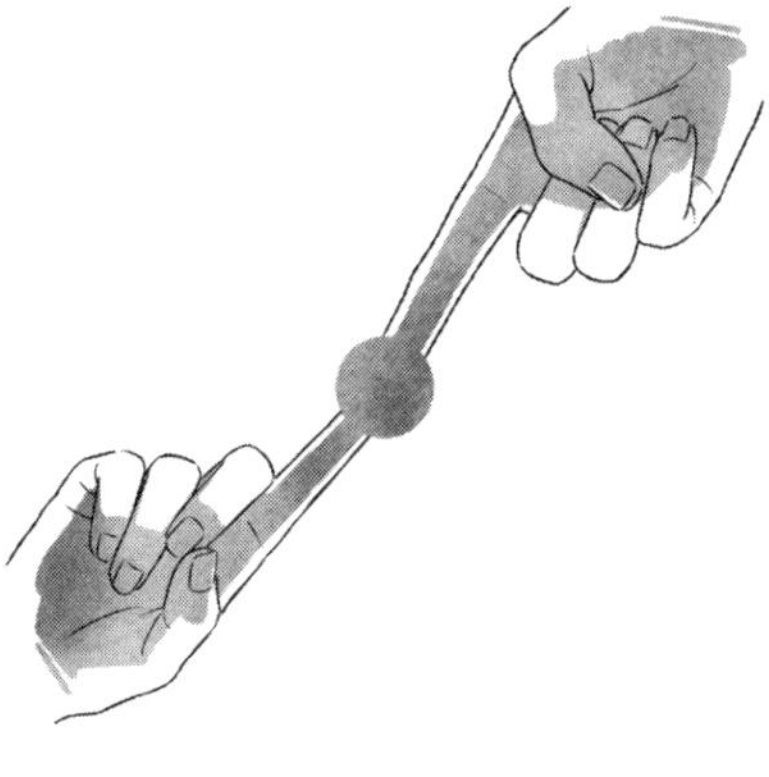

# 気になる背中

高3のクラス替えが発表される。
「お、やっと君は私離れできるね」と彼女が笑った。
2年間同じクラスの腐《くさ》れ縁《えん》。僕はうなずき笑い返す。
「何だ……寂しがるかと思ったよ」
受験前のこの1年間は別でいい。
最近、成績が落ちてきた。
癪《しゃく》だから言わないけれど、
無意識に、授業中でもお前の背中を見つめてる。

# 自分だけに A side

ファミレスで隣の男女がイチャついている。

いいな、俺も「あーん」してほしい。

「散々《さんざん》やってあげたでしょ」

向かいの彼女があきれてる。

そうだけど、やっぱり少し違うと思う。

「何度もされて、私を好きになったくせに」と笑われた。

もう俺だけにしてほしい。

「そしたら私、歯科衛生士をクビになるよ？」

自分だけに B side

「もう、また先に寝て」とすねた彼女に揺さぶられる。
ごめん、ウトウトしてた。
自室のベッドで半裸の彼女と添い寝しながら、
ポンポンと背中を叩く。

「他《ほか》の女と寝るときには、自分は絶対眠らないくせに」

……人聞き悪いぞ、やめてくれ。

お前はもう25歳。

保育士の俺が受け持つ年中さんじゃないだろう？

# 合鍵 A side

彼女とケンカし、ひと月たつ。
出会いはアパート近くのコンビニだった。
少し言葉に訛《なま》りがある。
話しかけると同郷だった。

ともにこの春就職の上京組。
恋に落ち、毎週末、彼女は部屋にやってきた。
まだ終わりにしたくない。謝ろう、と家を出る。
覗《のぞ》いたポストに息をのむ。
手遅れか。
彼女の封書に合鍵一つ。

# 合鍵 B side

彼とひと月前にケンカした。
就職で上京した今年春、近所のコンビニで声をかけられた。
同郷の同い年。
波長が合い、ほどなく鍵を渡される。
週末ごとに彼の部屋で抱き合った。

意地っ張りは悪い癖《くせ》だ。
反省し、アパートの
彼のポストに封書を入れる。
手紙に一言、ごめんと綴《つづ》り、
私の部屋の合鍵をしのばせて。

除夜の鐘 A side

近くの神社の境内《けいだい》で、元カレとすれ違う。
高校の夏休みに距離ができ、自然消滅してしまった。
かわいい彼女を連れている。
そういう人ができたんだね。

「どうかした？」

7日前に告ってくれた同級生が私を見つめる。

来年はこの人を好きになろう。

除夜の鐘を聴きながら、未練を払い、初めて彼の手を握《にぎ》る。

# 除夜の鐘 B side

「元カノが心にいても構いません」

聖夜、高校の後輩に告られた。

自然消滅して4カ月。

胸に未練を残しつつ、後輩と交際し、
今夜、男と寄り添う元カノを見てしまう。

「キツいですよね」

涙声の後輩が微笑んだ。

初詣《はつもうで》、その手を握《にぎ》り、神様に固く誓う。

この子を二度と泣かせない。

キツいのは僕じゃない。

# 扉

生徒会の狭い倉庫で、後輩と資料を探し回る。

室内にはシャンプーの甘い香り。

うかつに想いを口にしそうで、僕は小さく扉を開けた。

「何してるんです？」

いや、女子と２人だから開けておくのがマナーかな、と。

シドロモドロでそう言うと、
彼女は後ろ手に扉を閉めた。

「それならむしろ閉めときましょう」

## 信号待ち A side

歩行者用の信号が赤になる。

高校近くの横断歩道。

遅刻はヤバい、と渡りかけ、腕をグイッと引っ張られた。

「ちょっと、危ないじゃない」

振り向くとクラスの女子だ。
行きかう車を並んで見つめる。
「遅刻より事故の方がヤバいでしょ?」と笑われた。
いや、もっとヤバいことがある。
腕を放せよ、赤くなる。

# 信号待ち B side

高校の通学路、前を行くクラスの男子が足を速める。

歩行者用の信号が赤に変わった。

追いかけて、私はとっさに腕を引く。

「遅刻したらヤバいだろ」

危ないよ、跳ねられる。

「渡れたぞ?」

彼の腕を放さずに、わかってる、と心で呟《つぶや》く。

危ないのは私の方だ。

2人きり、90秒の待ち時間。

私の心は跳ねあがる。

# 静かな告白 A side

本を見ながら練習した。
アゴの下から手を引きつつ、
親指と人差し指を触《ふ》れ合わせる。
これで本当に伝わるだろうか？
部活の後輩に、僕の言葉は届かない。

意を決し、覚えた通りに手を動かす。
声をあげずに彼女は泣き、
やがて微笑み、同じ仕草をしてくれた。
合ってるよな、その手話の意味、「好き」だって。

# 静かな告白 B side

高校の先輩が大好きだ。
でも私は耳が不自由で、
健常者と恋することをあきらめている。
その日、ぎこちない手話で彼に「好きだ」と告げられた。
泣きながら、同じ仕草で答えを返す。
続いて片手を下に向け、
重ねるように反対の手を回してみせた。
先輩、これも覚えてください。
「愛してる」の意味なんです。

# 初詣

ずっと2人で一緒にいたい――。
前回の初詣《はつもうで》でそう願った。
隣には新婚の夫がいた。
大晦日《おおみそか》、神社の前の駐車場。
車中で私は下を向く。
1年足らずの出来事は、祈りを超えた展開だった。
セーターをたくし上げ、ブラを外す。
「嫉妬するよ」と夫が呟《つぶや》く。
うちの家族の3人目、愛する息子が元気に胸を吸っている。

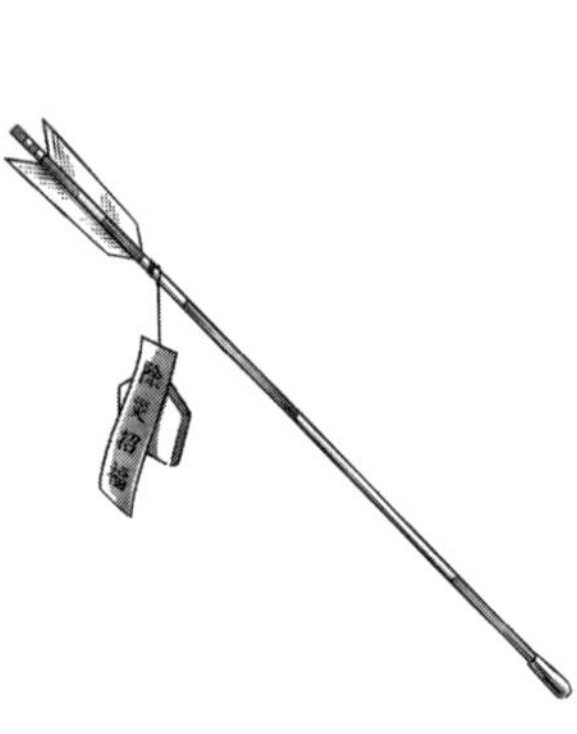

# 私じゃない人

卒業式に先輩の姿はない。
高3の秋に中退し、上京した。
先輩がギターを弾き、私が歌う。
2人の動画サイトが注目され、レーベルから声がかかった。
私は家族に反対され、田舎町に留《とど》まった。
式の後、LINEに気づく。
「配信決定」
リンク先はPVだ。
見知らぬ少女に寄り添って、大好きな先輩が弦を奏《かな》でてる。

# 観覧車の8分間

恋が始まる予感がしていた。
観覧車は1周8分。
頂上辺りでうつむいて、彼は「好きだ」と言ってくれた。
あの遊園地が閉まるらしい。
「最後に、もう一度乗りに行こうか」
久々に彼に誘われる。
そうだね。この10年で何もかもが変化した。
眺める景色も、お互いへの愛情も。
8分で、恋が終わる予感がしている。

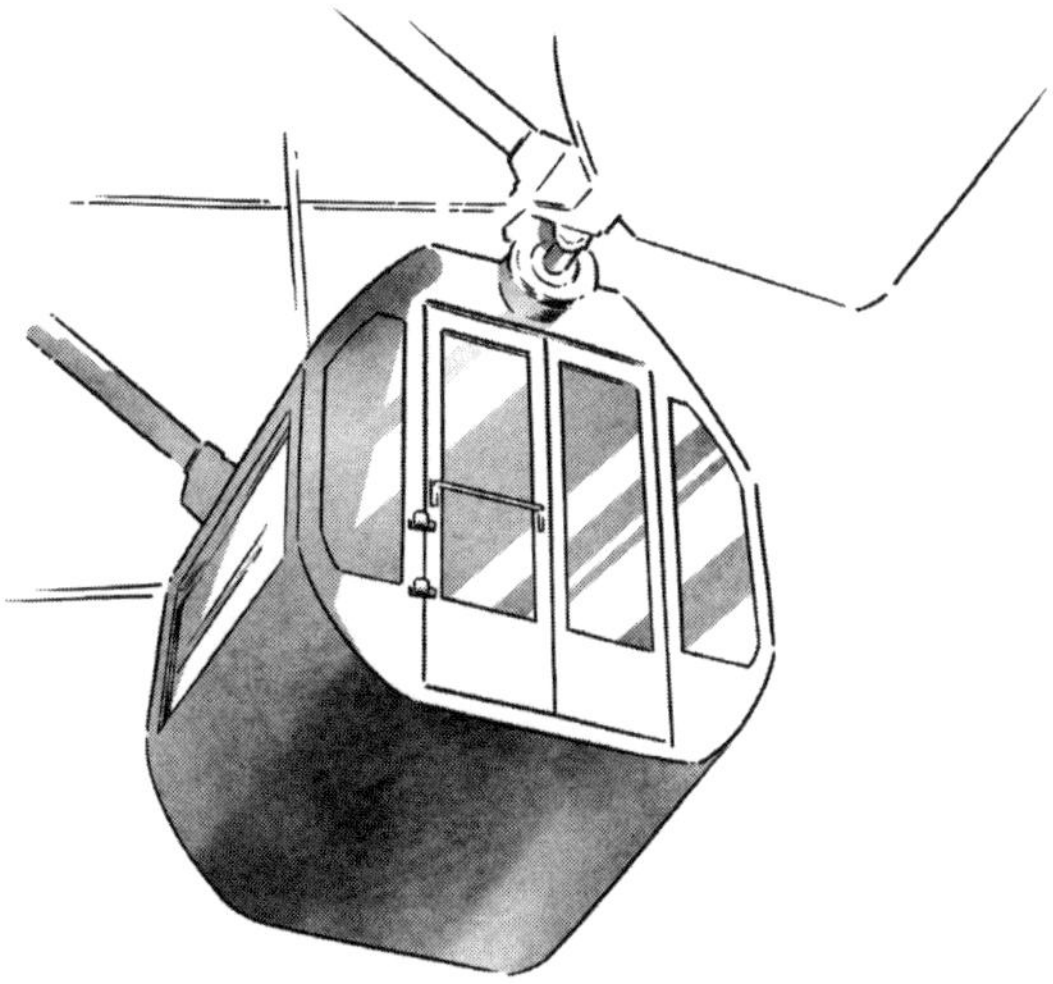

## 答え合わせ

高3に進級した。
片想いをしていた先輩と同じ教室だ。
放課後、よくここから外を眺めていた。
卒業前、先輩は弓道部の同級生に告白する。
意外だった。
彼女との接点が思い浮かばず、
泣きながら、なぜだろうと考える。
何気なく窓の外に視線を向けた。
そういうことか……。
校舎の下の弓道場が、よく見える。

# 第 2 章

# 異世界の入口

ＡＩ奇譚



最初の頃は幸せだった。

「あなただけを愛してる」

彼女は笑みを絶やさなかった。

何をやっても「あなたが好き」

僕は半年足らずで耐え切れず、もう帰れと吐き捨てた。
その言葉にすら完璧に従って、彼女は研究施設に戻っていく。
ようやく僕は気がついた。
不完全だからこそ人間は、ＡＩの女性と違い、愛おしい。

「どうだった？」と博士が尋ねる。
彼とは半年暮らしました。
愛してる、と繰り返し、
彼のすべてを受け入れました。

「だが君に耐えられなくなったんだね？」

はい。

不完全だからこそ人間は愛おしい、と話してました。

「忍耐と、学者としての君の努力だ。

人間の機《き》微《び》すらも習得した、ＡＩ男子を完成させたね」

# 終わる世界 A side

連れ添った妻と過ごそう。子どもはいない。
お互いにいろいろあった。
でも結ばれたのも、この結末も運命なのだ。
荒れ果てた公園で花を摘《つ》む。

こんなに早く帰宅するのはいつぶりだろう。
花束を贈るのも久々だ。
玄関でチャイムを押し、妻を待つ。
昨日、突然発表された。
隕石が衝突し、明日、世界は終わる。

# 終わる世界

B side

私は強く抱き締められる。
2日前、隕石の衝突で世界が終わると発表された。
夫の帰りは毎日遅く、花束も婚前にもらったきりだ。
でもいいや、と考える。

愛する人とこうして最後を迎えられる。
それだけで幸せだ。
彼はどう思っているのかな。
私は昨日、家を出た。
忘れられなかった元カレがベッドで微笑む。

## 愛を捜す

最愛の彼女が死んだ。

美しく、気心も通じ合い、誰より僕をわかってくれた。

「クローンがあります」

遺書を見つけて狂喜する。

また夢のような日が戻る。

研究所を訪れて似姿《にすがた》に呼びかけた。

さあ帰ろう。

死んだ彼女と同じ瞳で僕を見つめ、それはつぶやく。

「なれなれしいけど、あなたはいったい誰ですか？」

# コールドスリープ

A side

難病で、打つ手がない。
必ず還《かえ》ると彼女に誓い、
新薬ができるまで冷凍睡眠を選択する。
起きると100年過ぎていた。
「今や一度の投薬で完治します」と女医が微笑む。

彼女に似ている。
「やっぱり元カレですね。
亡くなった曾祖母《そうそぼ》の、ひ孫なんです」
ひそかに生命維持機をオフにした。
恋人の許《もと》に必ず還《かえ》る。

「必ず還《かえ》る」

難病の彼は誓い、冷凍睡眠装置に身を委《ゆだ》ねた。
治療法ができるまで私も待つ、と彼に誓う。
3年、5年と月日が経つが、新薬は開発されない。

通い詰めた病院で涙を流す。

「きっとそのうち起こせます」

優しい医師に慰《なぐさ》められる。

違うんです。自分の弱さに絶望しています。

好きなんです、先生を。

# 殺し屋

A side

「お仕事、頑張って」

食事し何も知らない彼女に見送られる。

表向きは会社員だが本当の俺は殺し屋だ。

遊びのつもりが恋に落ち、組織を抜けると決意した。

最後まで失敗しないこと。
ボスの条件は簡単だった。
標的の写真を見せられる。敵対組織の暗殺者。
俺は銃に弾を込めた。
彼女のことを殺せるだろうか。

# 殺し屋

B side

食事を終え「結婚しよう」と彼が囁《ささや》く。
不規則な職業も変えるという。
最後の仕事頑張って、と見送った。
もっと早く言われたかった。

昨日ボスに知らされた。
会社員を装う彼は敵対組織の殺し屋だと。
うかつな恋に涙が滲《にじ》む。
私は暗殺者を辞められない。
そろそろ効果が出るはずだ。
さっき食事に毒を混ぜた。

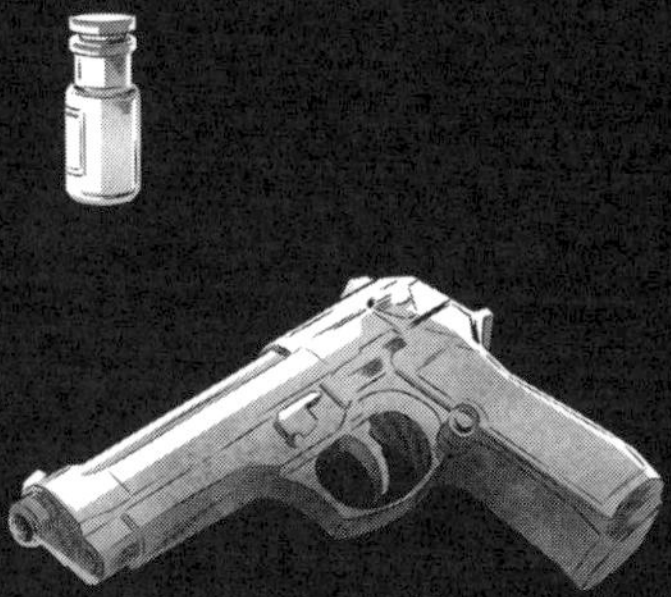

恋する死神

A side

また同室の少女が死んだ。次は私の番かと怖くなる。
重病ばかりの小児病棟。
それでも私は恵まれてる。
父母は毎日見舞ってくれる。
長患《ながわずら》いで虚《うつ》ろな目をした彼の許《もと》には誰一人訪れない。

ある夜、ふと目覚める。

暗闇に彼が立っていた。

寂しいんだね。私はそっと手をのばす。

「……ごめんな、俺は死神なんだ」

# 恋する死神

## B side

「子ども100人連れてこい」

重病で死にかけて、冥界《めいかい》の門番に囁《ささや》かれる。

入院中の小児病棟。俺は次々子どもをあの世へいざなう。

期限の5年まであと1日。

夜、１００人目の少女に打ち明けた。
「私が死ねば君は生きられるんだね？」
さしのべられた手を払う。
遠のく意識で俺は願う。
生きのびろ。
大好きだった。

「君との子どもはほしくない」

彼に言葉を返される。

結婚し出産したいと望んだ私は、泣いて別れを切り出した。

「君は好きだ」と抱き締められる。

そういう嘘はやさしくないよ。
だって本音は「よかった」だよね？
私には誰にも言えない力がある。
いらなかったと心底思う。
触《ふ》れると相手の本音が聞こえる。

# 言えないチカラ

B side

結婚し出産したいと彼女が願う。
ごめん、子どもはほしくないんだ。
その返事に涙ぐみ、彼女は別れを切り出した。
まだ好きだ、と僕は囁《ささや》く。
「嘘。本音は『よかった』でしょ？」
未練も安堵《あんど》も本心なんだ。
僕には秘密の力がある。愛する人の未来が見える。
僕との命を授かれば、出産時の医療事故で君は死ぬ。

# 海風

2人で来るのに7年かかった。
彼と海辺の墓を訪れる。
眠っているのは高校時代の彼の元カノ。
年下の私は2人を遠くに眺めていた。
あきらめていた片想いは不慮《ふりよ》の事故でのちに叶《かな》う。
来月、私たちは結婚する。
「ゆるしてくれるよな」
呟《つぶや》く彼の前髪を海風がクシャッと乱す。
知ってるはずだよ、姉が嫉妬深いこと。

# 相棒

小さい頃から何をするにも一緒だった。
最初のキスもアイツとだ。
高1で私に彼ができると、切なそうにないていた。
君も相手を見つけなよ。そう笑い、頭をなでる。
デートで遅くなった夜、
玄関前でアイツは眠るように死んでいた。
体を抱いて、涙を拭《ぬぐ》い思い出す。
私と同じ速度では、猫の君は歳を取れない。

# 戻らぬ彼女

「もう恋人つくりなよ」

寝転ぶ僕の傍《かたわ》らで、彼女が笑う。

いいのかよ。

「君を独りにしたのは私だよ？　拒否権ないって」

でもこうして戻ってきた。

「戻ってない。そろそろ本当に消えるから」

伸ばした腕を彼女の肢体がすり抜ける。

そこで夢だと気がついた。涙がにじむ。

事故から1年。

今日は彼女の一周忌。

## 憂鬱なディナー

彼の家でのデートが増えた。
私は読書、彼はゲーム。
お互いの存在が、空気みたいに自然になったと思えて嬉《うれ》しい。
「メシ行くか。カフェ調べといて」
パソコンのゲームを落とし、彼がトイレで部屋を出る。
私は「か」と打ち固まった。
今日はつらいディナーになりそうだ。
検索候補の一番上に「彼女　別れ方」

# 第3章

# 届かぬ想い

# 想いを込める

A side

最初は音を出すのも大変だった。
高校で入った吹奏楽部。
つきっきりで教えてくれた一つ上の先輩は
「音にきちんと想いを込めろ」と繰り返した。

あれから2年。
パートリーダーになった私は、卒業式で送別の曲を吹く。
結局、勇気がなくて言えなかった。
伝わるぐらい上達できたかな。
音に込めた、この想い。

*B* side

後輩を吹奏楽部のパートリーダーに指名した。
高校に入ってきたとき、彼女は楽器初心者だった。
厳しい指導にへこたれず、みるみる腕を上げていく。

今日は僕の卒業式だ。
後輩たちが送別の曲を奏《かな》でてくれる。
彼女の音にギュッと胸が締めつけられた。
今さら気づく。
好きなのは彼女の音色だけじゃなかった。

並んだ新婦は美しい。
横顔を眺めつつ、思い出があふれてくる。
最初の頃はべったりだった。
手を繋《つな》ぎ、どこにでも一緒に行った。

やがて深い溝ができ、しばらく口もきけずにいた。

ようやく会話が戻ってきた頃、思わぬ話を告げられる。

「また涙目だよ」

新婦が笑い、腕を組む。

バージンロードへの扉が開く。

# 愛する人から愛する人へ

## B side

幼い頃、パパと結婚する、とまとわりついた。
思春期になり、急に嫌悪感を抱いてしまう。
一時は口もきけずにいた。
就職し、年上と恋に落ちる。
「いつでも戻ってきていいぞ」
バージンロードでパパが泣く。
今ならわかる。ずっと好きだったこと。
外見も性格もパパによく似た新郎に、祭壇前で引き継がれる。

3回目の秋

A side

幼なじみが背中に飛び乗る。
高1の昨秋はじゃれて手を握《にぎ》り、
中3で首を絞《し》められた。
やっぱ僕は異性と意識されてない。

片想いが苦しくて、好きな子ができたと嘘をつく。
「じゃ今年はお情けいらないね」と彼女が笑う。
去年は手袋、一昨年《おととし》はマフラーを編んでくれた。
サイズが合っていたのはなぜだろう。

エイッと、彼の背中に飛び乗った。
17歳の幼なじみはまた成長している。
「こういうの、もうなしな」と苦笑された。
何よ、好きな子でもできたとか？

茶化《ちゃか》すと、思いがけずうなずかれた。
そっか、がんば、と私は笑い、心の中で涙ぐむ。
買った毛糸をどうしよう。
今冬こそセーターに挑戦しようと思ってた。

# 最期の約束

A side

「約束だよ。私たちに嘘はなし」

病気の妻は微笑んで、天国に旅立った。

17歳で出会って8年。

短い結婚生活も、僕らは本音で向き合った。

七回忌を終えた後、職場で隣の後輩に告白される。

僕も淡く惹《ひ》かれてた。

遺影の妻に問いかける。

最期の約束、本当に守っていいんだな……。

「いい人いたら再婚してね」

# 最期の約束

B side

入籍間もなく医師に言われた。

余命半年。

夫とは8年前、17歳で恋をした。

「お互いに嘘はつかない」

私たちは約束し、それを律儀に守ってきた。
死にたくない、忘れられたくないと独り泣く。
だけど大好きだから彼のことを縛《しば》れない。
うすれゆく意識の中で、最期に一つ、嘘をつく。
いい人いたら再婚してね。

# 初恋は今も昔も

A side

レモンを切って砂糖に漬ける。
妻を亡くし、こういうのにもだいぶ慣れた。
高3の息子は明日が引退試合。
こっそり応援しに行こう。

遠い夏、部活のマネが砂糖レモンを作ってくれた。

結局、想いを言えず卒業した。

「相手校のマネがかわいいんだ」

息子に写真を見せられる。

懐かしい彼女に似ている気がした。

# 初恋は今も昔も

*B* side

高3の娘に助言する。

夏でもレモンにまぶす砂糖は多めがいいよ。

「さすが元マネ」

明日で同じマネの娘も引退。

母子家庭でよく育ってくれた。

高校時代が蘇《よみがえ》る。
片想いしていた彼は砂糖レモンをおいしそうに食べてくれた。
娘も対戦校に惹《ひ》かれる男子がいるらしい。
なぜか気になる。
内緒で試合を見に行こう。

# パティシエ

始まりは高校の家庭科だった。

お菓子を作り、先輩に差し入れた。

「うまい」と褒《ほ》められ繰り返した。

あれから10年。

タキシードの先輩が式場で白い衣服の私に囁《ささや》く。

「うまそうだ」

今日は少ししょっぱいかもです。

「ううん、ケーキすごく美味《おい》しそう」

先輩の隣の新婦が、涙を堪《こら》えたパティシエの私に微笑む。

# シーフードピザ

A side

シーフードのピザを届けて息を飲む。
大学時代の元カノだ。
引っ越し先を知らずにいた。
就活をやめた頃から距離ができ、2年続いた恋は終わった。

3年ぶりに再会し、お互い何もしゃべれない。
軽く会釈《えしゃく》しバイクに戻る。
さらに綺麗《きれい》になっていた。
恋人が部屋にいるんだね。
あの頃、君は魚介を食べなかった。

# シーフードピザ

*B* side

大学以来3年ぶりに再会した。

頼んだピザの配達人は元カレだった。

「バイトしながら脚本家の夢を追う」

就活をやめ、呟《つぶや》く彼に不安を覚えた。

別れて転居したあとも、彼に未練を残している。
今さら悔やむ。
知らないことを理解しようとしなかった。
苦手だと思い込んでいた魚介のピザは、こんなにおいしい。

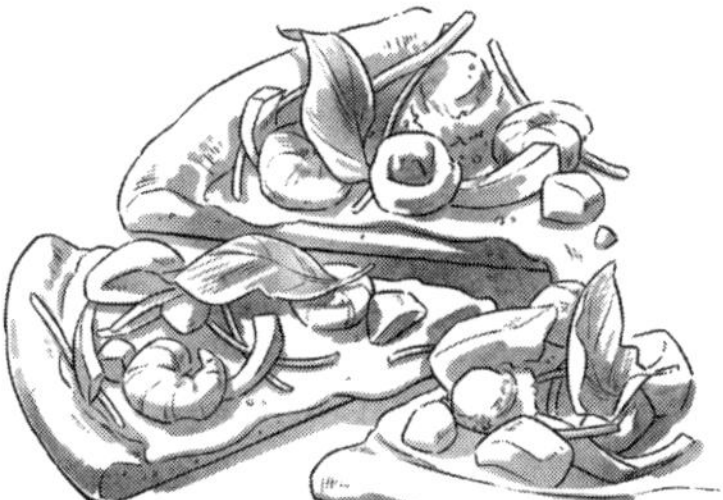

# 東京駅

A side

東京駅で高校の同級生に見送られる。

「こっちでどこにでも入れたのに。なぜ京都の国立なんだ？」

また彼に尋ねられた。

やりたいことがあるんだよ、と笑って答える。

「東京でできない何か?」

うん、無理だ。視界にいたら忘れられない。

君は年下彼女を大事にしなよ。

さよなら、やさしく罪な好きだった人。

# 東京駅

*B* side

春休み、交際中の先輩からLINEが届く。

「同級生が京都の大学に進むんだ。東京駅に見送りに行く」

才色兼備のあの人ですね。

たぶん先輩に気があります。

私にも会えませんか？
伝えたいことがあるんです。
無自覚なやさしさが、女子2人を傷つけてます。
私は降ります。
本当に好きなのは、あの人ですよね？

# リップクリーム

A side

春色のファンデを選んだ。
同じ25歳の彼女の肌はきめ細かい。
ベッドで「好きだ」と言われ、私は何度もはぐらかした。
職業的な禁忌《きんき》だからだ。

「最期にキスを」と泣かれたときも拒《こば》んでしまった。
昨夜1年入院していた彼女を看取《みと》る。
本当は私も愛してた。
ナース服から自分のリップを取り出し、死顔に施《ほどこ》す。

B side

担当の看護師を好きになる。私と同じ25歳。

告白をはぐらかされ
「早く病院出ましょうね」

と笑われた。

死期が近づき虚《うつ》ろな意識で考える。

最期に求めた口づけも拒《こば》まれた。
もし私が異性なら、違ったのかな……。
彼女は泣いて首を振る。
「患者とは規則で恋愛できないの。
だから早く退院してほしかったんだ」

# 寝たふり

A side

彼が親友宅で酔いつぶれる。

「大丈夫。よく寝ているぜ」

と囁《ささや》いて、親友がまた私にキスをした。

それを私は受け入れる。

彼を愛しているけれど、この人も好きなのだ。

いっそ、気づいてほしいと思う。
口づけたまま目を開く。
弱い私は自分で道を決められない。
静かな寝息をたてている、彼の背中が恨《うら》めしい。

## 寝たふり

*B* side

「もう……彼、起きちゃう」

囁《ささや》く彼女の声がする。

大学の親友宅。

3人で酒を飲み、寝落ちした。

「大丈夫、よく寝ているぜ」とヤツの声。

彼女の浮気は感じてた。
確かめたくて、今夜僕から誘いをかけた。
寝たふりをやめたとき、大事なものを二つ失う。
僕はギュッと目を閉じて、唇の重なる音を聞いている。

# 秘密

A side

「ごめん。私、頑張れなかった」
彼女は泣いてつぶやいた。
自分も頑張り切れなかった。
知り合ったのは高校時代の10年前。
お互いに初めてデートし、抱き合った。
結局、ずっと周囲に打ち明けられず、
彼女は親の薦《すす》めた男性と結婚する。
涙をぬぐい彼女を強く抱き締めた。
来世では、異性として出会いたいね。

届かぬ想い

B side

「お母さんはあなたの歳で出産したわ」

母の言葉にまたか、と思う。

時代が違うと言いかけて、黙り込む。

先日、親の勧めで見合いした。
この人と結婚するのかな。
親や世間の価値観に、あらがいきれない。
臆病者《おくびょうもの》の私はこの先、２人を深く傷つける。
新郎になる男性と、
秘密で10年交際している彼女のことを。

# 放課後の音楽室

A side

両親の仲が悪く、私は家に居場所がない。

中学校の同級生とピアノだけが救いだった。

素直になれない私のことを、彼はずっと支えてくれた。

「放課後に音楽室？　何だよ急に」

聴かせてあげる、私のピアノを。

「照れ臭い」

でも聴いて。最後だから練習したの。

両親が離婚した。

明日、君にも黙って転校する。

B side

中学校のHR《ホームルーム》。彼女の姿は消えていた。
担任は「家庭の事情で転校した」と説明する。
昨日の放課後、ケンカばかりの彼女から、
音楽室でピアノを1曲聴かされた。

「私にも女の子らしいところあるでしょ?」

はにかむ彼女に、照れて下手だと言ってしまった。

後で知ったよ。

あれはショパンの「別れの曲」だ。

# バイク事故

A side

元カレが亡くなった。バイクの事故だ。
高2から5年つきあい、ケンカをこじらせ、破局した。
あれから3年。
同棲《どうせい》中の今カレに、
訃報《ふほう》を伝えるグループLINEを見られてしまう。

葬儀なんて行かないよ。

作り笑顔の私に向かい、彼が言う。

「行かなきゃ軽蔑《けいべつ》する」

この人と一緒になろう。

涙をぬぐい喪服《もふく》を探す。

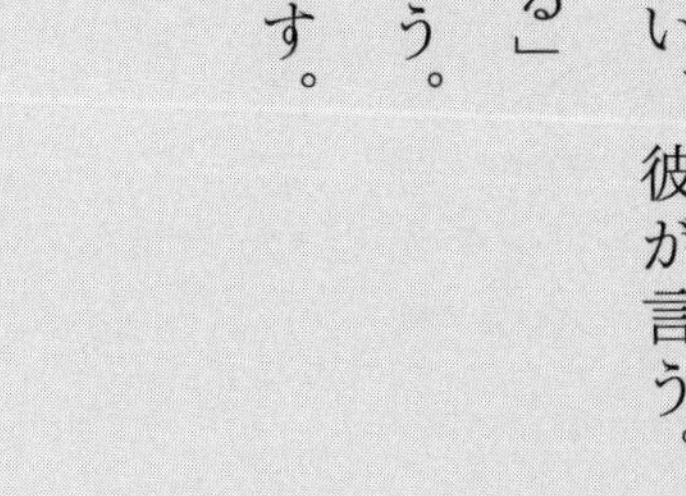

B side

制服姿で寄り添う写真が入っていた。
同棲《どうせい》中の彼女が忘れた定期入れ。
大学で出会うまで、５年続いた元カレだろう。
妬《や》かないと言えば嘘になる。

でも過去を含めて彼女を好きだ。

元カレが、昨日バイクで死んだらしい。

「葬儀出ない」

無理に笑う彼女の背を押す。

行ってきな。行ってきちんとお別れしてこい。

# 孤独のありか

A side

深夜バスまで彼女を送る。
ＳＮＳで知り合った同い年の大学生。
遠くから初めて会いに来てくれた。
１ＤＫに戻った後、幸福感で熟睡する。

目覚めるとすでに昼。
早朝に「家到着。もう会いたい」とＬＩＮＥがきていた。
僕も同じだ。
自分が想い、想ってくれる誰かがいる。
だからもう、１人の孤独を感じない。

B side

遠い街に彼ができた。
私と同じ大学生。
ＳＮＳで仲良くなり、彼の家を訪れる。
幸せなひとときだった。
深夜バスでアパートに帰宅したのは朝の５時。

ＬＩＮＥを送るが既読にならない。
恋愛は孤独を埋めると信じていた。
スマホを握《にぎ》り、涙があふれる。
恋人がいる１人の時間は、いないときよりずっと孤独だ。

# 本当に好きな人

A side

あんなヤツのどこがいいの、と苦笑する。

高校の親友が私の幼なじみに恋をした。

彼に想いを伝え、泣かせちゃダメよ、と釘をさす。

「……誰が泣くのさ」

彼女以外にいないでしょ。笑い飛ばし、下校する2人を見送る。
彼の隣は17年間、私の指定席だった。
なぜだろう。
遠ざかる二つの背中がにじんで見える。

# 本当に好きな人

*B* side

高校で幼なじみが囁《ささや》いた。

「友だちがアンタのことを好きなんだって」

それで橋渡しを頼まれたらしい。

「親友だから泣かせないでね」

笑いながら促《うなが》され、その子と並び下校した。

見送る幼なじみは笑顔に見える。
そっか、何ともねえんだ。
涙をこらえ考える。
もう片想いをあきらめて、隣の彼女と向き合おう。

# ゆるされない

「遅刻した」

彼が息を切らしてる。

むくれたふりで「ゆるさない」と微笑んだ。

そこで目覚める。

同じ夢を何度も見た。彼の像はボヤけたままだ。

本当は待ち合わせで会えてない。
無理に車道を横断し、
彼は車に跳ねられたのだ。
ゆるされないのは私だね。
「早く来て」
直前にそんなＬＩＮＥを
送ってしまった。

# 愚かな男

大学の飲み会で泥酔し、後輩に支えられる。
彼女には以前告られ断った。
その後も普通に接してくれ、今夜は家まで送られる。
好みじゃないと感じてたけど、いい子だな。
ほだされ、抱きしめようとした矢先、笑顔で手を離された。
「なし崩しは嫌なんです。
しらふで、それでもいいなと思ったら告って下さい」

# 春の風

ぬるい5月の風が気持ちいい。
湯上がりに窓辺に座り、ジンジャーエールのプルを引く。
炭酸の抜ける音がプシュッと響く。
1年前は隣でビールを開ける音がした。
私はもう大丈夫。あなたはどうですか？
その問いに答えはない。
春の夜の沈黙は、YESにもNOにも感じられ、
久しぶりにちょっと涙がこぼれた。

# スマホのロック

彼の車が交通事故に巻き込まれる。

「君が恋人？　思い出せない」

この数字、スマホに入れてログインして。

「……ロックのままだ」

じゃこれは？

「解除できた！　やっぱり君が恋人なんだ」

もう違う。

数字はともに誕生日。

最初は私、２番目は助手席で即死した親友のだ。

事故現場、ホテルの前の国道だよね？

# 第 4 章

# 離れていく心

# 経験してわかること

side A

「浮気性だし、良かったじゃん」

高校で友人に慰《なぐさ》められる。

半年続いた彼と別れた。

「見た目だけ。もう忘れて、次行きな」

でもさ、優しいし、いいところだってあるんだよ。
彼女の言葉は正しいのに、思わず反論してしまう。
きっと、あなたも経験すればわかるはず。
最初の相手は好きが消えても想いが残る。

# 経験してわかること

side B

高校の友人が彼と別れた。
浮気性だし、良かったじゃん。
私は彼女を慰《なぐさ》める。
「でもいいところだってあるんだよ」と涙ぐんで反論された。
「経験すればわかるはず。
　初めの相手は好きが消えても想いが残る」
わかるよ、と私は胸で囁《ささや》いた。
内緒だけど私は彼の元カノだ。
最初を捧《ささ》げ、まだ心に想いがくすぶる。

離れていく心

# 遠距離恋愛

side A

大学で同性の友だちがため息をつく。

半同棲の彼と、またケンカしたらしい。

「そっちは遠恋5年だっけ？　2人とも本当に好きなんだね」

と羨《うらや》ましがられる。

遠恋は続けるだけなら簡単なんだ。
お互い浮気をしても、想いが醒《さ》めても、
たやすくは見抜かれない。
触れ合って、ケンカできる関係こそが羨《うらや》ましい。

# 遠距離恋愛

side B

また彼とケンカした。大学近くで半同棲し、3カ月。
「大丈夫。仲直りできるって」と友だちに慰《なぐさ》められる。
彼女は同じ上京組で、
故郷の彼氏と5年も遠恋しているそうだ。

離れていても心が通じているんだね。
そんな2人の関係性が羨《うらや》ましい。
私と彼は体ばかりだ。
そばにいるのに少しも気持ちが繋《つな》がらない。

# 後夜祭

side A

夏休み、彼とは話し合って別れを決めた。
あれから半月。
廊下ですれ違っても互いに笑顔で会釈《えしゃく》できる。

高校最後の後夜祭。
フォークダンスが始まった。
ファイヤーストームに照らされて、
彼が知らない女子と手を繋《つな》いでる。
あ、結構しんどいな……。
反対側で輪に加わり、涙をこらえ見知らぬ男子の手を握《にぎ》る。

# 後夜祭

side B

納得しあって彼女と別れた。
夏が過ぎ、高校最後の後夜祭。
フォークダンスで知らない女子と手を繋《つな》ぐ。
ターンでミスし、ごめん、と詫《わ》びた。

ファイヤーストームの向こう側、
元カノがやっぱりターンでしくじって、
男子に右手を差し出されている。
何だか無性《むしょう》に切なくなる。
違うんだ。その子、左利きなんだ。

# 出逢えぬ2人

side A

高3の夏、二つ下の後輩とつきあい始めた。

「距離ができても好きでいて」

彼女の笑顔がよみがえる。

進学で上京し1年半。

今夜は交際丸2年の七夕だ。

彼女は同じ曇り空を見ているのかな。

僕はもう願いを叶《かな》えられない。

「彦星は織姫に会えないね」

ベッドから窓を眺め、何も知らない同じ学部の女子が囁《ささや》く。

# 出逢えぬ2人 side B

2歳差の先輩と高1でつきあった。
彼が都会に進学していき1年半。
丸2年の交際記念の七夕に、私は田舎で夜空を見上げる。
遠恋は覚悟していたはずだった。
でも、自分は思った以上にもろかった。
「曇りだから泣いてるの?」
事情を知らないクラスの男子にそっともたれる。
織姫はもう彦星と再会できない。

# ビールの味

side A

彼と別れた。
大学時代に知り合った。
お互い仕事が忙しく、
最後はケンカばかりになった。

日曜日、家で過ごす静かな夜。
ラジオから古い洋楽が流れてきた。
ともにお酒が大好きで、
告白されたあの夜に、バーでかかっていた曲だ。
さよなら青春。
初めて知ったよ。
独りで飲むとビールはこんなに苦いんだって。

# ビールの味

side B

缶ビールに宅配ピザ。
配信の洋画を見ながら家でのんびり休みを過ごす。
大学から8年続いた彼女と別れた。
お互い多忙ですれ違いが続いてた。

映画は期待外れだった。
つまんねえなとの呟《つぶや》きに、「そうかな」と反論する声はない。
これが望んだものなのだろうか。
3缶目のタブを引き、苦いビールを流し込む。

# 写真

side A

好きなお店に立ち寄って、好みの景色を写真に収める。
久々に海沿いの街を訪れた。
ひと月前、3年続いた彼と別れた。

高校時代はともに写真部。
海を撮りに来たのがきっかけだった。
黄昏時《たそがれどき》、海辺に座り、ファインダーをのぞき込む。
自由すぎて涙が出そうだ。
彼のいない風景は、なぜかピントが定まらない。

# 写真

side B

3年続いた彼女と別れた。
なぜか彼女はよく泣いて、気詰まりし、
僕から別れを切り出した。
想いとともに家の部屋を片付ける。

褪《あ》せた写真が見つかった。
高校時代はともに写真部。
最初に海を訪ねたときの１枚だ。
忘れてた。
あの頃、君はこんなふうに笑っていた。
微笑みを涙に変えたのは、僕だったんだね。

# 聖夜の告白

side A

「イヴに話があるの」と彼女が言う。
大学から交際を続けて9年。お互い来年30歳だ。
家庭的で優しい彼女に甘えてきた。

今まで何度か匂わされ、気づかぬふりをしてしまった。
今度こそ、彼女ではなく俺がきちんと切り出すべきだね。
冷えた体を抱き締め囁《ささや》く。
あのさ、俺から先に大事な話があるんだけど。

# 聖夜の告白

side B

イヴにカフェで彼と会う。

大学から交際９年。

「俺、ずるかった。待たせてごめん」

指輪を差し出す彼の顔が涙で霞《かす》む。

私は黙って店を出た。

車が見える。
ずるいのは私の方だ。
30歳までに結婚したい。
ほのめかし、かわされて自信をなくした。
「決着つけた?」
先月突然求婚された。
助手席から、上司に頷《うなず》く。

# 今カノ×元カノ

side A

高校のサッカー部の練習中、
先輩が「トイレ」と言って校舎に消えた。
女子マネの私から告って半年。
スコア帳を忘れた私も、校舎に戻って息をのむ。
陸上部の元カノに支えられ、先輩が保健室に入っていった。
こんな思いをさせたから、元カノに振られたんですよ……。
発熱に、私はまったく気づけなかった。

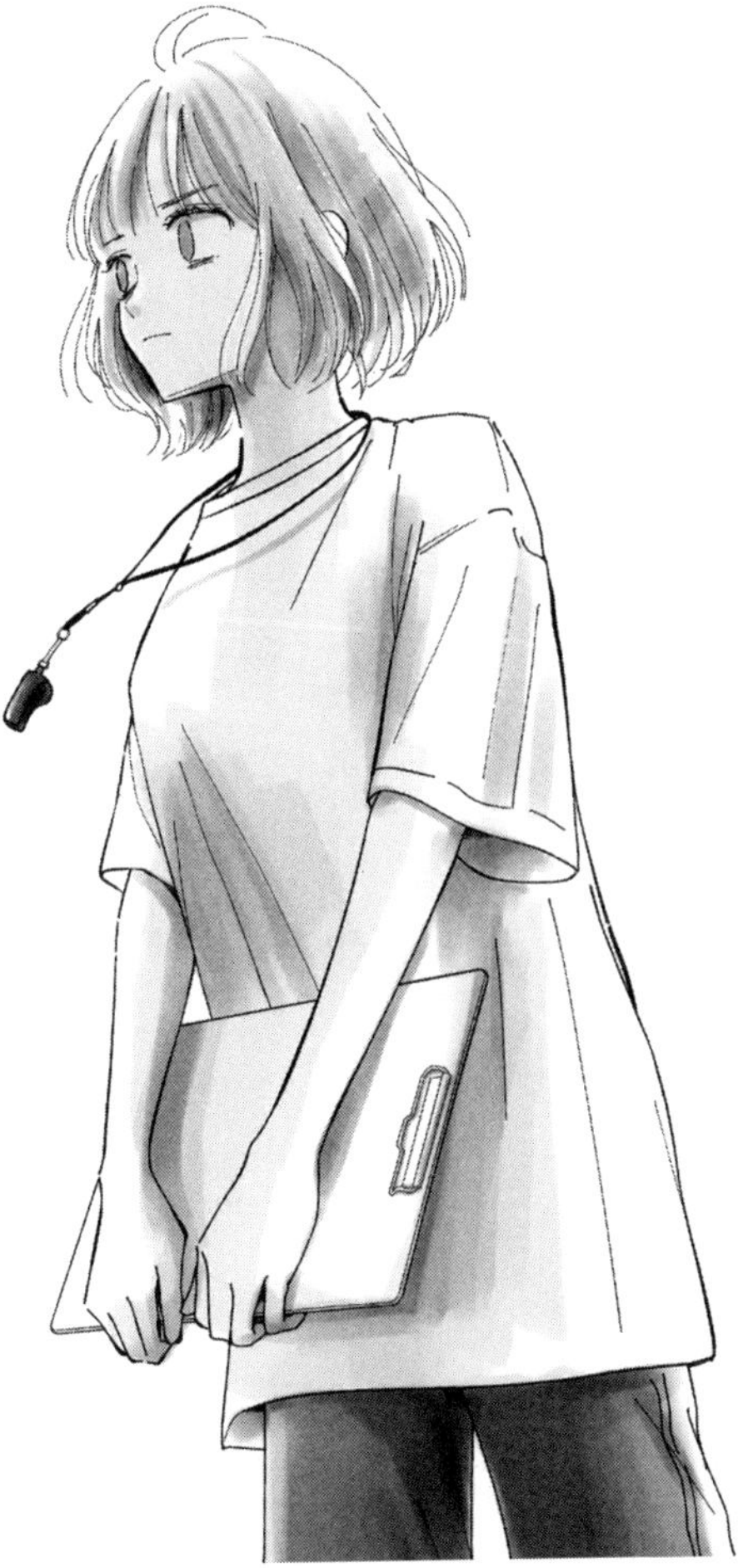

# 今カノ×元カノ side B

高校のグラウンド。
後輩の女子マネに「ちょっとトイレ」と言い残し、
サッカー部員が歩き出す。
陸上部の私はそっとあとを追いかけた。

案の定、水飲み場でグッタリしている。
気づきなよ。そういう強がりがダメだって。
額《ひたい》から私の手を払いのけ、「ねえよ熱なんて」と彼が言う。
あるよ。ナメるな元カノを。

# あの日の手紙

実家にあった古い制服。
ポケットのメモに驚いた。
「卒業式後、屋上で」
高校時代の彼の字だ。懐かしい。
恋愛の半歩手前で卒業し、疎遠になった。
少し前、住所を調べ、3年前の事故死を知る。
あの日、紙片に気づいていたら、未来は変わっていたのかな。
二次会に彼を招けなかった。
明日、私は花嫁になる。

# 自由と束縛

side A

「私だけ見て、好きでいて」

また彼女にせがまれた。

なぜそれほど自分に自信があるのだろう。

もっとやさしく、見た目に優れ、より僕にふさわしい相手。

まだ見ぬそんな存在を想像すらしていない。
愛してる、と笑い返して考える。
僕より秀でた男性なんて無数にいる。
彼女のように、僕は彼女をしばれない。

# 自由と束縛 side B

「愛してる」と囁《ささや》かれる。
やさしい彼の本音だろう。
私と彼の大学には、かわいい女子がたくさんいる。
容姿はもちろん性格も、まるで私はかなわない。

彼の誠意を信じてる。
でも、私だけ見て、とまた言葉に出して求めてしまう。
自分の価値に自信が持てない。
彼が私にするように、私は彼を自由にできない。

# 呼び名

side A

高3まで2年つきあい彼と別れた。
特別な理由はない。
お互い熱をなくしたことに気がついた。
元々《もともと》中学の同級生。愛情が友情に戻るだけだ。

翌朝、昇降口で彼と会う。

「おはよう」

彼は微笑み、苗字に「さん」をつけて私を呼んだ。

予想以上に打ちのめされる。

ああ、そっか。

もう友だちにもなれないんだね。

# 呼び名 side B

「別れた方がいいと思う」
彼女がつぶやく。最近すれ違いが続いてた。
出会いは中学。高校で恋人になった。
青春のほぼすべてを共有した。
翌朝、昇降口で彼女を見る。
胸が痛い。
友だちに戻れるかなと思ったけど、簡単にはいかないようだ。
断ち切ろう。
彼女の苗字に「さん」をつけ、ぎこちなく名前を呼ぶ。

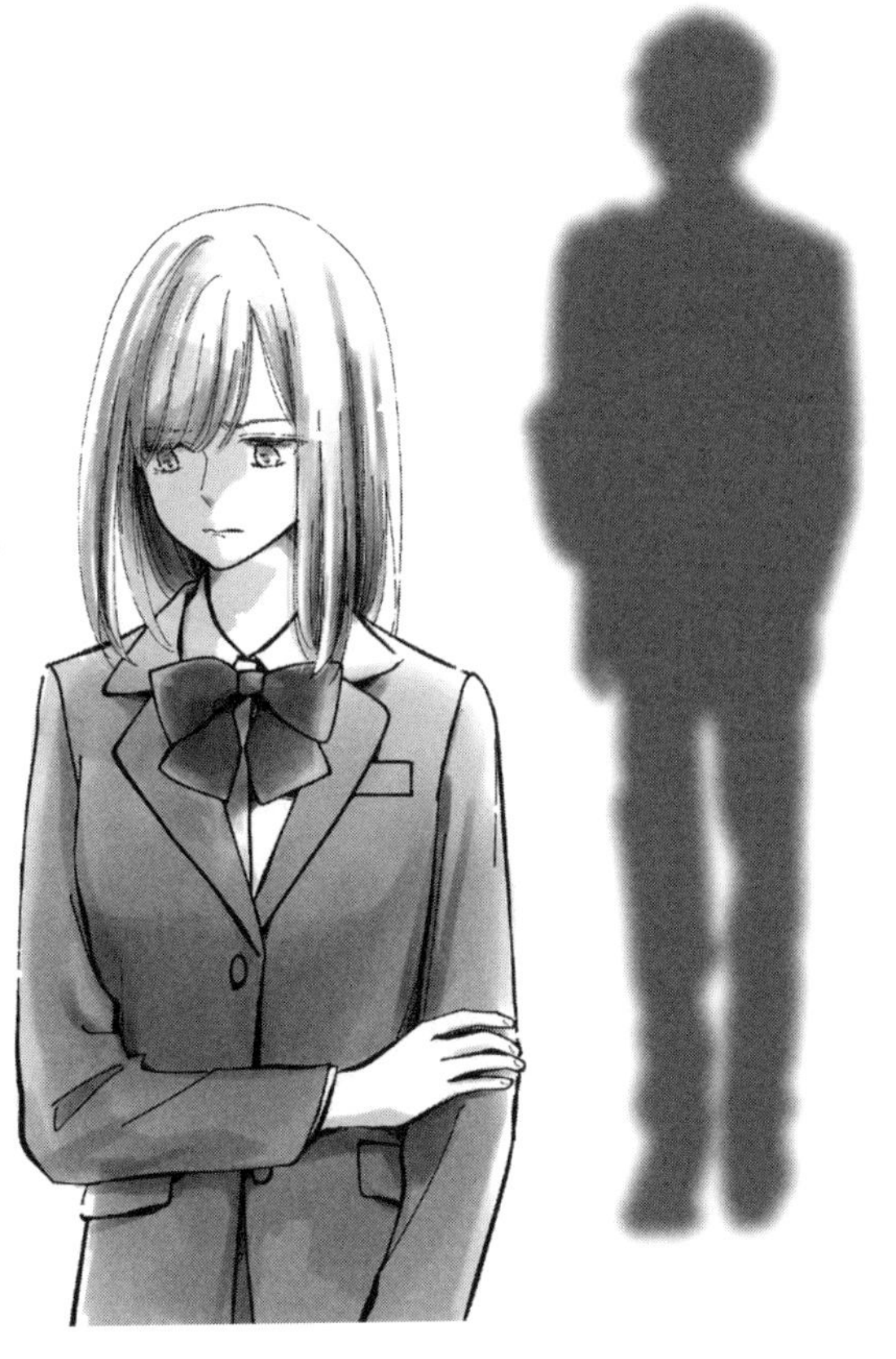

# 道案内

side A

「その先、右」

おう了解、とハンドルを切る。

この海には何度も来た。久々で少し道を忘れてる。

「左折して10分ほど」

そうだった。海沿いのカフェでよくデートした。

笑い合い、手を繋《つな》いで浜辺を歩いた。

どこから僕らはすれ違ってしまったのだろう。

「目的地に着きました」

答えの代わりにナビが告げる。

# 道案内 side B

「その先、右」

今の時間は左折しかできないんだ。

「あと10分」

この道は割と混む。もう少し時間がかかるよ。

少し方向音痴の元カレと、よくドライブした。

すれ違い、半年前に破局した。

あの人は迷子になっていないかな……。

「ナビよりお前が正解だった」

交際間もない今カレが、運転席から私に微笑む。

# 花言葉

side
A

2日ぶりに妻が戻る。
義母《はは》の具合が悪いと帰郷していた。
病状を語る妻に、生返事と笑みを返し、安堵《あんど》する。
不在中にせがまれて、若い不倫相手を家にあげた。

妻に気づかれないかとおびえたが、
寝室に白い花を飾るほどには愛されてる。
「ゼラニウムよ」
妻がつぶやく。
知っている。
花言葉は「信頼」だよな？

# 花言葉 side B

奥さんは先週も留守だった。

親が体調不良らしい。

「離婚まで少し時間がほしい」

寝室で、私を抱いた会社の上司が囁《ささや》いた。

花瓶には前回なかったゼラニウム。

「花言葉は信頼。あいつ全然疑ってない」

薄く笑って私は思う。

奥さん、もう帰ってきませんよ。

白は花言葉が違うんです。

「あなたの愛を信じない」

# 私に足りなかったもの

side A

「本音が見えない」
半年前、彼に振られた。
交際中、女性と一緒の飲み会も、
あやしいＬＩＮＥも笑顔で流した。

「1分遅刻。好きって言わなきゃゆるさない」
会社帰りの駅前で、女の子に膨《ふく》れられ、彼が頭をかいている。
新しい彼女だね。
顔を背《そむ》けて立ち去った。
私には何が足りなかったのだろう。
健気《けなげ》さ以外に。

# 私に足りなかったもの

side B

職場の後輩と交際している。
嫉妬深く、スマホの異性の連絡先も消去された。
会社帰りに「好きと言って」とねだられる。
前の彼女をふと思う。

絶やさぬ笑みに本音が見えず、
本当に好かれているのか不安が募《つの》った。
別れるときも涙をこらえ、笑ってたんだね。
なぜ気づかなかったのだろう。
あの健気《けなげ》な愛情に。

# 耳元で「好き」って言って

「いっぱい好きって言って」

急に彼女にせがまれる。

交際5年。今さら照れて言えねえよ。

「でも言って」

照れて小声で好きだと告げた、当時の自分を馬鹿だと思う。

寂しげに微笑んで、彼女が首を傾《かし》げてる。

どんなに大きく叫んでも、もう僕の声は届かない。

あの日彼女は宣告されてた。

聴力をなくす病《やまい》だと。

# 借り物競走

冷やかしは気にしない。
秋晴れの体育祭の借り物競走。
お題は「大事な人」だった。
俺は小さな手を握《にぎ》り、中学校の校庭を駆けていく。
「速いって」
頑張れよ。1等賞を見たがってただろ?
ゴールテープを並んで切る。
もう1人でも俺は走れる。だからもっと自由に生きろ。
片親のお袋が、荒い息で微笑み頷《うなず》く。

# 描いた夢

親友が漫画家としてデビューした。
美大時代、私は絵画で賞を取り、彼女は留年寸前だった。
就職先のデザイン会社で夫と結ばれ、三つ子を授かる。
親はともに遠方で、私は仕事をあきらめた。
「ママ、面白いのになぜ泣くの?」
年長の3人が不思議そうに私を見ている。
涙を拭《ぬぐ》い、並んで一緒に漫画をめくる。

# 帰郷

帰郷した。

駅前で中高一緒の初恋相手と偶然出会う。

「車で家まで送ってやる」

街は変わった。郊外に店ができ、中心街は一層寂《さび》れた。

中学は廃校になるそうだ。

「東京で変わるなよ」

7年前、18歳の私を見送り、彼は言った。

私は街や彼のようには変わってない。

彼がパパになることを、まだ素直に喜べない。

# アルコール

同棲《どうせい》中の彼女は今日も朝帰り。
「もうやめる。絶対やめる」
と繰り返し、ベッドに倒れて寝落ちした。
アルコールの匂いを感じつつ、俺は思う。
お前はきっとやめないよ。
ハンパが嫌いで、ついまた無理をするはずだ。
せめて体にだけは気をつけろ。
ありがとう。
消毒液が染みこむまでに働きづめの看護師さん。

# おわりに

初めてXに作品を投稿したのは2020年5月のことでした。新型コロナウイルスの流行で「緊急事態宣言」が出されてから、1カ月あまり経った頃のことです。

当時の私は、とあるメディア企業でSNSの運用を考える仕事を兼務していました。それまでにもたくさんの文章を書いたり編集したりしてきましたが、SNSの投稿は未経験でした。

「どんな内容なら読み続けてもらえるだろう」「どうすればフォローしていただけるかな」と頭を悩ませ、「机上で考えるだけではなく、実践してみよう」と個人アカウントをつくってみたのです。「もしかしたら仕事のヒントが得られるかも……」という考えもありました。

学生時代、恋愛小説（のようなもの）を書いていたのを思い出し、テーマを「愛」に限定。本名も性別も年齢も伏せた状態からスタートさせました。

これが140字小説を始めた経緯です。

最初の頃は「いいね」も少なく、フォロワーさんもなかなか増えませんでした。それでも毎日投稿を続けていくうち、「一つの物語を2人の視点で描く」というアイデアを思いついたのです。

朝夕のお話を単独で完結させつつ、通しで読めばまた違った味わいになる――。そんな仕掛けにすれば、続けて読んでいただけるのではないかと考えました。

このスタイルを採用してから、少しずつ「いいね」をいただけるようになり、フォロワーさんの数も増えていきました。本業の仕事内容は変わりましたが、「140字小説」の方は1日も欠かさず今も投稿を続けています。


投稿は1年365日。ときにはまったくアイデアが浮かばないこともあります。それでも「締め切り」は1日2回、必ずやってきます(自分で決めたものですが)。

1日中考えてもネタをひねり出せず、仕事や家事を終えたあと、湯船につかりながら「思いつくまで上がらない！」とねばり、そのまま寝落ちしてしまったこともあります(おぼれなくてよかったです……)。

運良くネタが思い浮かんでも、いざ書き始めてみると、今度は二つの視点がうまく裏《うら》表《おもて》にならなかったり、きれいにオチをつけられなかったり……。

140字ピッタリに収めることも、いまだにすんなりできません。字数調整では悩むことが多く、同じ言葉を漢字にする場合も、平仮名にする場合もあります（それが作品の持ち味になることもあるため、本書でもあえて表記を統一しませんでした）。

それでも毎日投稿を続けてこられたのは、フォロワーさんの支えがあったからです。黙って「いいね」を押してくださる方、決まって一言書き込みをしてくださる方、引用してくださる方――。本当にありがたく、心から感謝しています。

投稿へのコメント欄でフォロワーさん同士につながりが生まれ、私とは関係なくオフ会が行われたり、お互いにフォローし合ったりするケースがいくつもありました。

また、投稿を漫画や声劇（ボイスドラマ）にしていただいたこともあります。

作品という小さな点から線が延び、それが輪になり、広がっていく。

そういう体験に心を温められ、自分の世界が開け、頑張る力をいただきました。

投稿を通じて素敵な絵師（イラストレーター）さんと知り合う機会にも恵まれました。

最初はイトノコさん、その次がまかろんKさんです。

今やイトノコさんは漫画家として、まかろんKさんも作品集を刊行されるほどの人気絵師として大活躍されています。お二方には投稿作品に添えるイラストをお借りしてきましたが、今回、カバーイラストや挿画を描き下ろしていただきました。

また、イラストレーターの宮島亜希さんにも、本書の挿画を描いていただきました。ありがとうございます。

加えて、今もXへの投稿時にイラストを使用させていただいている、売れっ子絵師のノーコピーライトガール・春さんにも、この場を借りて厚く御礼申し上げます。


「投稿を本にしませんか?」とお声がけいただいたのは、リベラル社の編集者・木田秀和さんでした。驚きとともに、また輪の広がりを感じました。最初のコンタクト以来、半年にわたって厳しく温かく原稿を見ていただき、感謝しています。

この輪がさらに広がって、街の書店や電子書籍を通じ、少しでも多くの読者の方とつながることができればいいな、と願っています。

掌編小説

# Profile

## 掌編小説 (しょうへんしょうせつ)

ストーリー

X @l3osQbTDUSKbInn

2020年5月、X（旧Twitter）にアカウントを開設。以来、さまざまな愛の形を描いた140字小説を毎日投稿している。原則として朝8時と夕方5時に同じテーマを別視点でつづるスタイルが特徴。ウェブトゥーン（縦読み漫画）やボイスドラマ（声劇）にも原案を提供している。アカウントが集めた「いいね」は累計109万超。

## まかろんK

装画／イントロダクション

X @macaronk1120

映画のワンシーンを切り取ったような、ドラマ性のあるイラストで熱い支持を集めるイラストレーター。SNSを中心に作品を投稿し続けている。進研ゼミ中学講座『My Vision』の表紙イラストや、楽曲MV、ジャケットイラストを手掛けるなど、幅広い分野で活躍中。手掛けた装画に『君がいなくなるその日まで』（スターツ出版文庫）、『ダンデライオン』（小学館文庫）、『ないものねだりの君に光の花束を』（角川文庫）など。作品集に『Moment まかろんK作品集』（KADOKAWA）がある。

掲載ページ p.7

## イトノコ

挿画

Instagram itonoko.0

2018年よりイラストレーターとしての活動をスタート。2020年頃からXでショート漫画の投稿を開始する。2022年、白泉社「マンガPark」の連載「パンツだけは脱げません！」で漫画活動を本格的に始動。胸がキュンとするラブコメを得意とし、著書にSNSの投稿作品をまとめた『2歳差の幼なじみ』、『3組の幼なじみ』（KADOKAWA）などがある。

掲載ページ　p.23／33／47／55／71／87／115／133／137／149／161／173／187／199／213

## 宮島亜希

挿画

Instagram aki_miyajima

主に水彩で女性、植物、動物などを描いた作品を制作。都会的で洗練された作風が注目され、広告、女性誌、アパレル、CDジャケットなどさまざまな媒体のイラストを手掛ける。手掛けた装画に『プラネタリウムに星がない』（MF文庫ダ・ヴィンチ）、『檸檬の棘』（講談社文庫）、『逃亡者』（幻冬舎文庫）、『愛を歌え』（青土社）、『月夜行路』（講談社）などがある。

掲載ページ　p.19／25／31／41／45／49／56／59／60／65／67／75／79／81／89／90／97／101／105／109／111／119／121／127／131／141／153／155／169／181／185／191／207／215／216

装画　まかろんK
装丁・本文デザイン　bookwall

編集人　安永敏史（リベラル社）
編集　木田秀和（リベラル社）
DTP　尾本卓弥（リベラル社）
営業　竹本健志（リベラル社）

広報マネジメント　伊藤光恵（リベラル社）
制作・営業コーディネーター　仲野進（リベラル社）

編集部　中村彩
営業部　津村卓・澤順二・津田滋春・廣田修・青木ちはる・持丸孝

ごめん。私、頑張れなかった。

2024年7月11日　初版発行

著　者　掌編小説
発行者　隅田直樹
発行所　株式会社 リベラル社
〒460-0008 名古屋市中区栄3-7-9 新鏡栄ビル8F
TEL 052-261-9101　FAX 052-261-9134
http://liberalsya.com
発　売　株式会社 星雲社（共同出版社・流通責任出版社）
〒112-0005 東京都文京区水道1-3-30
TEL 03-3868-3275
印刷・製本所　株式会社シナノパブリッシングプレス


ISBN978-4-434-34049-9　C0093